big thank to freepik for their awesome resources so make this book

the word search

word search a word game that consists
of the letters of words placed in a grid
, which usually has a rectangular or square shape.
the objective of this puzzle
is to find and mark all the words hidden inside the box.

R	A	B	B	I	T	E	T	U	O	O	I	F
I	Y	Q	Y	Q	U	F	U	E	H	D	U	Y
E	P	M	M	H	T	C	R	S	U	D	U	N
O	P	M	O	A	D	I	T	W	N	T	O	F
N	U	T	C	U	I	T	L	X	O	A	X	G
E	P	O	W	M	S	R	E	T	S	M	A	H
T	S	R	G	V	S	E	N	E	A	Y	L	X
T	L	R	P	G	O	L	D	F	I	S	H	X
I	E	A	U	U	O	O	N	T	U	D	A	C
K	R	P	L	I	Z	A	A	O	M	J	K	N
T	R	O	P	I	C	A	L	F	I	S	H	T

```
R A B B I T E T U O O I F
I Y Q Y Q U F U E H D U Y
E P M M H T C R S U D U N
O P M O A D I T W N T O F
N U T C U I T L X O A X G
E P O W M S R E T S M A H
T S R G V S E N E A Y L X
T L R P G O L D F I S H X
I E A U U O O N T U D A C
K R P L I Z A A O M J K N
T R O P I C A L F I S H T
```

Mouse   Tropical fish   Goldfish   Cat   Hamster
Rabbit   Kitten   Turtle   Dog   Parrot   Puppy

```
D O A N E K C I H C Y E
Y E N F G E R Y E J T E
E R E O C A T C S O G S
K M A R B R E Q R K F K
R T O B E E A O O U I C
U E I R U Z V B H C S U
T T A Z A E V O O U H D
K P M I R H S W D E A G
M P E E H S A I Y K P I
I K E A Y T U O E E B P
```

Chicken Shrimp Turkey Sheep Rabbit
Ducks Deer Goat Horse Crab Dove
Bee Pig Cow Fish

```
D U Y O G H P A R R O T U
F N M N U W O R R A P S F
V O V R A I N I G O A R L
B E G O N A L M A I C A A
T G D R S Y I F A A P V M
U I H Y P E A C O C K E I
R P T B N C R O W S C N N
K E V O D E J R G T S V G
E K R O T S H A W K V X O
Y E L G A E D L A B N V G
R D I O G O O S E E T M A
```

Sparrow Bald eagle Peacock Flamingo
Pigeon Goose Turkey Parrot Raven
Crow Hawk Stork Dove

C	M	N	I	B	O	R	E	B	H	J	D
R	N	I	U	G	N	E	P	L	F	O	B
H	T	I	D	U	C	K	U	A	E	Y	N
C	L	I	M	V	T	Y	D	C	S	O	Y
I	Y	O	Q	X	T	U	N	K	W	B	T
R	O	W	S	V	Y	M	A	B	A	V	O
T	U	L	K	J	T	I	W	I	L	B	B
S	E	A	G	U	L	L	S	R	L	E	A
O	L	R	E	K	C	E	P	D	O	O	W
R	S	R	Y	R	E	Y	O	Y	W	E	E

Swan   Duck   Seagull   Robin   Owl   Ostrich
Swallow   Penguin   Black bird   Woodpecker

```
O T T E R P A N D A R
K A N G A R O O X Y T
K E Q S Q U I R R E L
E E Z N A P M I H C O
E E D Y E L I O N E X
S F S E U E F N I S C
H W A L R U S E Z U U
D F K A R V K V A O D
W M G O D A F T P M W
```

Walrus   Chimpanzee   Squirrel   Kangaroo
Lion   Dog   Mouse   Otter   Ox   Panda

```
A T A O G K O A L A C I W
G I R A F F E M O L E E O
I E N N E L E P H A N T C
W R L O E A W Q Q T H K M
F T V F V I E O J D P I D
E Y V G P U N M E G O C R
T S Q P V T M N U G K P A
M O N K E Y O C A B I I P
K C T S M E O D D E H O O
I I W C Z Y J H O R S E E
H I P P O P O T A M U S L
```

**Monkey   Hippopotamus   Leopard   Elephant
Koala   Goat   Giraffe   Cow   Mole   Horse**

```
C R O C O D I L E H K O Q B
C H I M P A N Z E E L E E E
T U L L Q L M O N T U O I F
S A R C T I C W O L F P U I
Q H I P P O P O T A M U S D
U E D O M N M E N Y N J G O
I S R A C C O O N G N D O L
R Y D X M M L F K A T R I P
R K A N G A R O O Y I D C H
E C E F K U S S N A K E G I
L L T V H A E T T Y G R I N
E L E P H A N T I J L Q G R
```

Lion   Arctic wolf   Hippopotamus   Chimpanzee
Crocodile   Kangaroo   Raccoon   Elephant
Squirrel   Dolphin   Snake

```
G O R I L L A U R W
T S B A T S E U E E
O S U U E L K X E E
A H O A B A D G E R
D E E R F O X R A T
P U I F R O G B Y O
M P F A B H A R E Y
V X A U W P E N J C
```

Toad   Badger   Gorilla   Deer   Hare   Rat   Frog   Elk   Bat   Fox

```
U Y U Y U R O M O L E
R E I N D E E R A Y Y
O C T O P U S N N A I
L I Z A R D M F E K I
A A O T T E R C R A B
H E D G E H O G F C O
N E N S E A L O I U U
C V U O C S I S S S L
S H A R K E P M H U O
```

Reindeer   Lizard   Octopus   Hedgehog   Seal
Otter   Fish   Mole   Crab   Shark

```
J E L L Y F I S H U T I
S E A H O R S E O L Y U
Y N Z N T P E N G U I N
S T A R F I S H O E P R
L O B S T E R V W W E E
V H U C L A M S A H L E
G E T C O O M Q L A I V
W X M O O T Y U R L C U
T F E S G A T I U E A O
M I N V E E P D S S N P
```

Penguin   Jellyfish   Seahorse
Starfish   Lobster   Walrus   Pelican
Whale   Squid   Clams

```
O Q A D P C Z C T R F O Z
U C Y A U U X V T L R S E
S E A U R C H I N E I L A
S E A A N E M O N E A U C
N Z S E A G U L L U I G O
D O L P H I N B O T T E R
S E A T U R T L E O F P A
P E L I C A N E B J U S L
C O R M O R A N T C V X A
A M S E A L I O N E I B P
A R S H E L L S E C H Y Y
```

Dolphin   Sea turtle   Seagull   Sea lion
Sea anemone   Cormorant   Sea urchin
Coral   Pelican   Otter   Shells

```
M O S Q U I T O I B S D
O N A M O T H C P U D U
D R A G O N F L Y T T I
C O C K R O A C H T C A
G R A S S H O P P E R B
W T O B P I A N T R B E
E S N E V C U A J F N E
P A K E R E D H Q L G T
M F L Y T D Y I R Y S L
I S P I D E R W J U U E
```

Mosquito   Beetle   Butterfly   Spider
Cockroach   Grasshopper   Dragonfly
Ant   Moth   Bee   Fly

S	R	S	O	C	R	U	R	P	U
O	X	B	D	X	T	M	O	I	H
S	A	I	Y	D	O	G	O	D	O
D	O	E	D	U	C	K	S	E	R
C	H	I	C	K	E	N	T	E	S
A	R	J	A	C	O	C	E	R	E
B	U	L	L	O	S	A	R	F	S
D	K	B	F	W	C	T	Y	D	Z

Dog   Rooster   Deer   Chicken   Horse   Duck
Bull   Cat   Cow   Calf   Doe

```
P O P T A C O M W X D B V
S O V E W I N G C H A I R
P F S L D R X T E A S E T
E I T E L E V I S I O N S
A R E P E N D T A B L E O
K E T H H R O V D Y W Y F
E P E O L P U S X O X C A
R L Q N E O S T I L V Z W
U A U E U C W A R E Q Z U
H C U S H I O N K F F I I
A E L W G I Y D P O U I C
```

TV stand   End table   Fireplace   Sofa
Telephone   Wing chair   Television
Speaker   Cushion   Tea set

E	R	P	I	C	T	U	R	E	F	I
B	E	U	V	A	S	E	V	U	A	C
F	M	K	R	A	Y	O	D	I	N	W
C	O	F	F	S	W	A	D	K	A	C
A	T	B	L	I	N	D	S	T	D	L
R	E	Z	Y	I	Y	I	M	R	J	O
P	F	L	O	O	R	L	A	M	P	C
E	C	U	R	T	A	I	N	S	G	K
T	W	T	A	B	L	E	Y	H	K	A

Curtains   Floor lamp   Picture   Fan   Remote   clock   Blinds   Table   Carpet   Vase

```
D P C K A C E C E Q M M
I I J Z U T P C H A I R
S C A O A D W L I G S N
C O J P E N C I L E A O
I M R B A C K P A C K T
S P I Y R D E S K B F E
S A N G X E F E S O E B
O S G F T K E E N O O O
R S P I N S T E U K G O
S P E N C I L C A S E K
```

Notebook   Backpack   Pencil case
Pencil   Scissors   Chair   Compass
Clip   Pins   Book   Desk

B	A	T	F	P	S	E	S	C	V	U	F	N
F	U	N	N	E	L	G	G	O	R	P	J	T
P	R	O	T	R	A	C	T	O	R	G	I	E
S	E	T	S	Q	U	A	R	E	M	L	S	S
H	B	E	A	K	E	R	D	T	A	U	S	T
P	A	I	N	T	B	R	U	S	H	E	R	T
P	A	L	E	T	T	E	R	U	L	E	R	U
E	N	E	E	P	H	C	C	T	F	W	E	B
P	F	L	A	S	K	N	F	A	P	E	H	E
F	R	F	I	W	I	P	A	I	N	T	A	C
O	U	T	M	Z	I	Y	A	F	Y	E	E	L

Funnel   Beaker   Palette   Test tube
Protractor   Paint brush   Set square
Paint   Ruler   Flask   Glue

B	L	A	C	K	B	O	A	R	D	E
G	L	O	B	E	Y	D	M	C	N	F
E	E	V	C	L	O	C	K	O	B	I
U	P	A	P	E	R	I	P	M	I	L
B	S	R	W	W	R	J	Y	P	N	E
F	S	E	Z	E	T	H	M	U	D	E
N	U	U	R	T	R	N	M	T	E	M
G	L	A	S	S	S	Y	H	E	R	A
C	L	O	C	K	U	T	E	R	J	P

Computer   Blackboard   Map   Paper   Binder
Clock   File   clock   Globe   glass

```
R I J G P L U G Z A N B F O
C O N D I T I O N E R P K U
T U L T R P S T C A M D E C
V N K E X J L R O A G M Y U
H M A E I A V I M K E O B A
I K Y F P E Z U P D M N O Z
M M K D N S M J U B O I A R
N B Y I I H U J T D U T R E
A A B S P E A K E R S O D M
P R O J E C T O R W E R U O
W H I T E B O A R D A I N T
T I N T E R A C T I V E O E
```

Monitor   whiteboard   conditioner   Interactive
Keyboard   Speakers   Projector   Computer
Mouse   Plug   Remote

```
E R O Z M U S I C O I I J
S C I E N C E U A Y V G H
T E C H N O L O G Y D E I
P H Y S I C A L F B U O S
F Y L M S W I M M I N G T
C O O A A O C J P O V R O
J A W K U O U D A L A A R
E N G L I S H R P O R P Y
K S D R A M A I K G T H C
Y M O P D A N N E Y J Y D
U F P X W J Q B X H A H E
```

Art   Swimming   Geography   technology
Science   Biology   Physical   English
Drama   History   Music

```
Q B Q E S P F G V M H O X
F Z R E R A A E M F A D E
E F B D I O V A Y P R C W
L I B R A R I A N R Y O D
P R O F E S S O R I T O J
C L A S S M A T E N E K A
S E C R E T A R Y C A E N
C O A C H Y U A U I C J I
P R E S I D E N T P H M T
P U V A N B V D W A E A O
I C K F A O O Q M L R M R
```

Professor   Secretary   Classmate
President   Principal   Janitor   Librarian
Cook   Coach   Teacher

U	C	A	P	C	C	V	J	O	I	W
G	I	R	R	E	D	R	T	U	H	H
D	O	L	P	H	I	N	Y	E	I	A
D	F	A	M	T	O	S	E	A	B	L
C	O	R	A	L	T	U	R	T	L	E
K	J	E	L	L	Y	S	E	A	L	F
C	R	A	B	S	H	A	R	K	F	I
Q	S	A	Z	L	S	T	A	R	G	S
E	N	D	P	N	I	Z	E	T	A	H

shark   coral   crab   whale   turtle   dolphin
sea   jelly   seal   fish   sea   star

U	W	P	I	C	U	E	A	J	O	D
R	A	S	A	E	J	D	Z	P	R	J
E	T	H	A	I	O	P	E	L	E	O
R	E	E	W	A	V	E	S	A	E	C
F	R	L	I	U	U	O	M	N	F	T
P	M	L	W	S	A	N	D	K	I	O
S	E	A	O	C	E	A	N	T	V	P
C	Q	I	S	L	A	N	D	O	F	U
S	Y	S	I	O	R	E	G	N	S	S

ocean   octopus   plankton   waves   island

water   reef   sand   shell   sea

```
R E E F P P R G R A N
S U E C A U D C B C M
E E H P L A N K T O N
A V B I N I Y S K I D
R F A I E W A V E S W
S H E L L C I I M E A
O C T O P U S E C F T
S A N D I S L A N D E
I A O C E A N A Q N R
```

octopus   waves   plankton   island   ocean
reef   sea   water   shell   sand

F	F	Y	S	L	M	J	M	Q	F	Q	Y	Q
F	O	R	G	O	T	Z	D	S	R	F	I	T
C	U	O	S	Y	A	K	O	Z	V	W	F	U
F	P	D	D	F	E	L	T	X	E	D	O	M
F	R	I	D	A	Y	U	Q	A	A	A	U	E
F	E	E	L	I	N	G	F	E	W	M	R	E
I	F	L	O	W	E	R	V	U	G	G	T	H
F	O	R	M	F	I	S	H	I	N	G	H	F
F	O	L	L	O	W	F	I	G	H	T	A	R
N	R	P	F	L	Y	I	N	G	A	E	M	E
U	W	Q	Y	E	Y	F	O	R	E	S	T	E

flying   fourth   follow   forgot   forest
form   flower   Friday   fishing   feeling
few   fight   free   felt

N	T	N	U	E	S	V	I	M	R	I
S	S	T	E	P	Z	N	A	V	R	M
S	T	A	I	R	S	P	R	I	N	G
B	Z	F	D	S	P	E	N	T	G	S
S	T	A	T	E	U	F	W	A	F	T
H	S	T	A	N	D	I	I	P	Q	O
S	P	O	R	T	U	Q	E	D	X	O
S	P	E	L	L	I	N	G	S	W	D
R	R	J	E	S	T	I	C	K	S	T

stand   spent   stairs   spring   stood   spelling
state   stick   sport   step

```
R E A D Y B Y H R A P
E U S I R K M O E I I
R H D U P I I O A P D
E R U P L A C E C O P
A M I O F D J K H I O
D P O C K E T Z E N O
I A O O R I C H C T R
N K O R E A L R A C E
G N T T N P L A N O Q
```

pocket   ready   place   reach   point   reading
race   plan   poor   rich   real

```
D I S H E S C O R N E R
D J D M D I D N T F A L
O Y A D E S E R T O Y A
E F R S F O U X U C V N
S U K A O H C C L O T H
Y B E H C O T T O N C V
C O V E R B N E E Q O Y
D I N N E R S Z F F A P
X Y A C G A O L O D L P
C O L O R W T K P I X P
```

corner   desert   cloth   dishes   dinner   didn't*
cotton   coal   cover   color   dark   does

```
V N N D L S L O T W M D P
S L O W L Y Q S K R D R K
R E M E M B E R A E O P N
S I N C E E S U I T S S S
S T U D E N T O S G O T E
S A T U R D A Y S O M O C
O I S S P R E T U R N R O
Y V K T U O N G V Q M I N
S C A R E S U D D E N E D
C K A W U F A Z D N Q S D
R D U A R E A S O N W K P
```

scare student remember Saturday
reason stories second sudden
suit since return slowly

```
P H O O D D F J O C I N A O
D O A A T T E N T I O N N F
W R Z L D X U U X T A C C U
E T U A R R I V E S L A B U
A M E R I C A Z C P T C E W
C O U N T R I E S E H O A G
S Y U I O A A O F D O U U R
C O U R S E M X Y E U S T A
O O N E M U O F N C G I I D
N L U E X E N Y F I H N F E
V J U R W Z G I F D U A U U
F M M H U S O M D E J A L F
```

attention   beautiful   countries   America   although   cousin   Grade   decide   among   arrive   course

```
Q E S X U E A Y J A D O O
O P I O N U Y D R U F O I
I M P O R T A N T J D H M
F A V O R I T E H P I A I
D D F U T U R E A F F P N
T N E O B Z Y C P I F P T
E V E N I N G T P N E I E
P I E C E C M P I A R N R
U Q U O U N I Q E L E E E
D S Y Q D V L R S L N S S
B A P C R A S C T Y T S T
```

favorite   different   interest   evening

happiness   important   happiest

future   piece   finally

```
I K U E I M S R N S I C U
P R E S I D E N T M B C E
S E N T E N C E F F I R E
A R A U S P R O B L E M U
P R I N C I P A L U F W T
R E E R Y W S E V E R A L
E C G E C S P E C I A L N
S E P L A N E T E T D D Y
E I P R O B A B L Y J C U
N V R I V P I U Y C F E F
T E L A O U B L E E S I E
```

principal   problem   present   receive
probably   president   sentence
several   planet   special

I	O	C	U	T	D	O	O	R	Y
E	H	G	D	A	D	D	Y	K	Y
Y	G	Y	D	R	I	V	E	D	D
D	E	E	R	H	W	N	D	O	R
D	O	L	L	P	T	S	E	I	O
D	R	E	S	S	H	I	A	N	P
I	U	U	Z	C	U	P	R	G	P
U	Q	T	P	S	U	D	E	E	P

dear   deep   drive   doing   dress   daddy
cut   drop   deer   cup   door   doll

```
C O A I U K O L D U S L O E
H S W O O L Y E A R J E E Y
W H A D G O O U D F W O N T
B Y Y E U K W E F W W I F I
W Y E F O X R I A I I A T S
O W S M Y R I Y W T N W P O
R O T J E A T A I H D O W T
L R E O I X E R N O O M O E
D K R W A X Z D T U W A U O
U I D W O R D P E T I N L I
W N A W O N D W R O N G D J
E G Y C U Q F C A U O F N M
```

without woman* working yesterday window
world* won't* wrong would* write* winter
yard wool year word won

```
B C O P G L I Y A G I S E R
I P R E S O U N D W T U P N
F S R E E B S P A C E O U A
S I G H T S O M E T I M E T
E T H S I T T I N G S A A L
S U E S I S T E R O M F Y I
O Z E L S C S O M E O N E Y
A O G U L F O G H O K Q S M
P S O M E T H I N G E E I U
L V O F D P G S O U T H X R
Q S C Z I S O N G Y P C T R
P M F O S O R R Y C P O H S
```

something* smoke someone* sometime*

sound space south sitting sister sorry

sled soap song sight sixth

I	U	I	S	T	W	K	C	S	C	G	R
C	L	O	T	H	E	S	P	T	O	B	Q
C	H	R	I	S	T	M	A	S	L	W	K
B	A	T	H	R	O	O	M	E	O	R	U
K	Y	U	W	T	Q	Q	H	A	U	A	I
O	F	E	E	O	S	S	J	S	R	U	R
D	O	M	E	S	T	I	C	T	S	T	B
A	N	I	M	A	L	S	V	E	N	U	O
D	R	I	N	K	S	S	K	R	U	M	D
I	B	I	A	S	O	O	C	H	Z	N	Y

animals   colours   autumn   clothes
domestic   christmas   bathroom
easter   body   drinks

```
A C J L I V E F M P A W D V
C H O O A P E E S M J D O K
R Z O X M I R K D T I M E I
S P R I N G F L O W E R S C
O C C U P A T I O N S E A R
H R O O M R P U S K I Z E T
I D X M O U A E F E G M S I
Y I P I S X O E A D J I R E
B P E T P F O V T Y E N H E
S C H O O L L R J W W A U E
P E T S R A M S U M M E R X
T M P P T O Q P E N C A S E
```

pencase   summer   spring flowers   occupations
sport   time   school   pets   live   room

```
U D O E J A E M E I K E L
D E P B A S K E T B A L L
A T H L E T I C S E M D G
B O X I N G Z G N O I C T
F E N C I N G O E H L Y E
S K I I N G O T L O H C N
S W I M M I N G Q C E L N
F I G U R E I E I K F I I
J F P D U A S D T E E N S
Y F O O T B A L L Y T G O
S I S K A T I N G B P E F
```

football skating boxing cycling hockey
fencing basketball swimming athletics
skiing tennis figure

```
I P I H H J M J C U P E
S N O W B A L L R A M R
K X Q U E S N O W M A N
S N O W F L A K E S E E
M I T T E N S R P N S C
I E V I B J V C O O L O
I C I C L E S T A W E L
O C A P S S C A R F D D
T N Y U K S K A T E G E
C U D A I M U F E I E A
```

skate   mittens   sledge   icicles,
snowball   snowman   ski   snowflake
scarf   cap   cold   snow

X	X	I	T	T	F	L	H	U	G	U
Y	I	H	R	N	K	H	O	T	R	O
E	S	T	O	R	M	W	S	O	A	L
M	T	I	C	U	U	I	S	I	I	C
E	O	S	N	O	W	N	U	P	N	O
C	L	O	U	D	Z	D	N	A	B	L
F	R	O	S	T	W	A	R	M	O	D
V	A	F	H	A	I	L	J	X	W	T
T	E	O	O	D	F	O	U	V	D	U

warm   cloud   snow   storm   wind   rainbow
frost   hail   sun   hot   cold   rain

```
D F D G T S P F W A T I
D I A D B E A E E L D O
S K I S S S U N T A D T
M R A L E A V E S M E U
M K T P E L V P I P L K
K N I F E L E E K B O N
N L A M B K E T T L E K
Z E E L E M O N A D E I
L A D Y B I R D E I C T
E X O W L E G S T R W E
```

kettle   leaves   lemon   ladybird   lemonade
kite   legs   leek   lamb   knife   lamp   kiss

```
N A F J O K U D Q U Y
M O N S T E R E M T R
M O S Q U I T O E U E
M E C H A N I C M D R
M I R R O R M A O A M
R A U I M I L K S M A
M I T T E N S M T O S
Y T Z O E A S A N O K
F P D J H L B P A N S
```

mosquito map monster mechanic mittens
milk mask moon most mirror

L	N	A	E	S	H	E	L	F	M	O	U	O	X
S	E	C	R	E	T	A	R	Y	G	M	U	H	M
R	G	S	H	O	E	S	O	S	I	H	J	E	V
S	H	E	E	P	O	Y	M	H	Y	S	J	A	P
S	C	I	S	S	O	R	S	I	A	C	H	N	S
H	U	A	H	Y	L	X	E	P	U	H	S	F	H
E	S	H	A	R	P	E	N	E	R	O	C	W	I
L	I	C	M	L	K	X	I	N	T	O	O	S	R
L	Z	V	P	I	B	N	V	I	S	L	O	E	T
C	R	B	O	S	E	L	L	E	R	B	T	V	Z
H	O	O	O	E	F	S	E	A	L	A	E	E	I
I	G	N	V	W	O	U	X	Y	M	G	R	N	F

schoolbag   sharpener   shampoo   secretary
scissors   shell   scooter   shoes   sheep   seven
shelf   ship   shirt   seal   seller

```
G I E E V E E F I Y F E X V
E U E U C J A E F P P Q Y S
S C I S S O R S O A A N T C
E B S H A R P E N E R E S O
C U C S L N J A E S O D I O
R U H H O U E L S H E L L T
E S O E W S E V E N H E E E
T H O E S H A M P O O I S R
A I L P H E X H F O V F H P
R P B S E L L E R O Z O O S
Y A A A L W Y S H I R T E D
T N G E F O H P F A A M S O
```

seven   shell   scooter   scissors   shoes   sheep
shampoo   sharpener   schoolbag   secretary
shelf   seal   shirt   ship   seller

```
O T T C I S E W I I S W
W Y M M J T R A M R U I
P I M L M Y P T N S Q T
T W A T E R M E L O N C
W O L F D N E R P W W H
N W A R D R O B E I R O
W A R M O C S O U N I E
W H I T E W O R M D T U
T B W O R R I E D N E N
F K W I N E A G W C D E
```

warm   worm   white   water   witch
wardrobe   watermelon   worried
wolf   wine   write   wind

sudoku

sudoku is a puzzle in which missing numbers are to be filled into a 9 by 9 grid of squares which are subdivided into 3 by 3 boxes so that every row, every column, and every box contains the numbers 1 through 9.

	3	2	1
	1		4
	2		

Puzzle 1

1	4		
3	2	4	
4			
	1		

Puzzle 2

		3	1
1		4	2
	1		3

Puzzle 3

3	1		
4	2		
1		2	
	3		

Puzzle 4

	4	3	2
	3		4
			1

Puzzle 1

2	1		4
3			2
			3

Puzzle 2

3		1	4
		3	2
2			3

Puzzle 3

			2
3		4	1
		2	4

Puzzle 4

4			
			4
3	4	2	
	1		

4	1		3
3	2		
			4

	3	1	4
		2	
			2
		3	

	4	2	1
			4
			3
	3	4	

	3	2	1
	1		4
	2		

Puzzle 1

4	3	2	
2	1		
		1	
			3

Puzzle 2

1	3		2
		1	3
			4

Puzzle 3

1	4		
3	2		
4		2	
			4

Puzzle 4

2	4		3
1	3		
		2	

Puzzle 1

1	4		
3	2		
		1	
	1		3

Puzzle 2

2		1	3
		4	
4		2	

Puzzle 3

	3	2	
2	1	3	
	4		

Puzzle 4

4	1	2	
3			
		1	
		3	

4	3		2
	1		
1	4		

1	2		3
2	4		1
3			

			2
	4	3	1
	2		
	3		

3	2		
4	1		
2		3	

Puzzle 1

2	1		
4	3		
			1
	4		

Puzzle 2

		1	
1		2	3
	3	4	

Puzzle 3

	1		
4	2		1
2	3		

Puzzle 4

		1	
4		2	3
		3	1

3			
2	4		3
1		3	

4		1	3
3			2
1			

2	3	1	
4			
	2		3

	2	3	4
		2	
4		1	

Puzzle 1

			2
2		1	3
3	1		4

Puzzle 2

		1	
1			4
2	1		
3	4		

Puzzle 3

2	3		4
1	4		
	1	4	

Puzzle 4

4			2
2		4	3
			1

4	1		3
2			
			1
			2

2	4	3	
1			4
		1	

1	2		3
	4		
			1
			4

2			3
	1		
			1
	2	3	4

B		D	C
C		B	A
			D

C		D	B
		A	C
B			A

	B	C	D
	D	B	A
			C

	A	B	
A	D	C	
	B	D	

A	C	D	
B	D		C
		B	
			A

B			C
D	C		B
A	B		

A		C	
	A	B	C
C	B	D	

	A		D
	D	A	B
	B	D	C

Grid 1 (Top Left)

B			C
C	B		D
A	D		

Grid 2 (Top Right)

		C	B
C		A	D
		B	A

Grid 3 (Bottom Left)

	A	B	C
C	B	D	
			B

Grid 4 (Bottom Right)

D			
	C	D	B
B	D	A	

A	D		
B	C		D
		C	
	A		

C	D		B
A	B		C
			A

A			
		A	
C	A	B	
D	B		

C		A	D
A		B	
		D	
D			

A			
			A
B	A		D
C	D		

D	A		
B	C		A
	D		C

	B	C	A
		B	D
	D		
A		D	

D			
	B	C	D
C	D		A

C	D		
A	B		C
B	C		

B	C	D	
A			
D		A	C

D			
		D	
A		C	D
C		B	

		D	A
	A	C	B
A			D

			C
D		B	A
C	B		D

B	C		A
D	A		B
	B		

	C	A	D
C	A		
D	B		

C	D	A	
	A		
	B	D	
		B	

D	A		B
B	C		
			C
	D		

		C	A
C		B	D
		D	C

	D		
			D
	B	D	C
	C		A

D			B
B		D	C
C	D		A

	A	B	D
		C	A
			B
		D	

		A	B
	A	C	D
			A
		B	

		D	B
	D	C	A
		A	D

D	C		
A	B		D
C			
		A	

B	A		
C	D		A
	B	A	

C	D	B	
A			C
			B
		A	D

	B	A	D
		B	C
	C		B

		A	C
	C	B	D
	A	C	

9				1	8			
7								9
8		5				3	2	6
1	9	6	4			2	8	3
4			1	2			9	7
2							5	
3			9	2				8
			8					
5		2			1		6	

	3						7	8
				7		5		
					5		2	
	5		9	2	1	3		7
			5		8	4		1
8		1						5
			8	5	4			
		7	3	1	6	8		
3			7	9	2		4	6

	7		3	9			1	
	8	3	6	4				2
							4	
	6	1		7			2	
2								
				1				
		6	7	3	9		8	
		7	1		8		5	
1			2	5	4		3	7

9	7	2	1		3	5	6	4
6		5		4		2	3	8
							7	
1						7		6
	8	3		2			1	
5		7	4				9	
	2							
		8		1				

5		3	1	4	7	9		
	9		5	8				
			2					
			4					3
		5	3	6				2
		1	8	5	2		7	9
2	3						4	7
		8					9	
		4	6	2				

	8	7	9					
					8			
	5						6	4
1	7	8	4		5	2	3	
	3							
6	9	4	7	2		5		
	2	9		1	4			5
							9	3
	6	3	5	8		7		

1	9	2	5		6	7	4	
		3						
8							9	
7	2	8		5	9	3	6	
6	1	4	8					
						2		1
		1						
					5		7	
9	8	7		4				2

8	6	9		5				
	2	5		4		9		
		7			6			2
		3						
9		4	2			6		8
							9	7
		8				7	2	6
		1	9			8	3	5
		2		6	5	4		

9	6	4					7	2
1	5	8			7		9	6
	2	3	9					
						7	3	
			4	3				
		5	1		2			
5	8			9		6	2	
		1			6	9	8	7
2							4	

		8	2		1			5
		2						7
		4			7	3		
8	2	3	6		5			
6		5			9			8
		1						
3	1	7			4			
	4	9		3			7	6
5	8	6				4		

			4	2				3
	2	9			3			
1								
9	8		7	6	4	2	3	5
2						1		4
				1	2			8
7	9							
3	5	4						
6	1			8	5	3		

5						7		2
	9		8	1	2	6	5	4
		6			7		3	1
9			7					8
				2		5		6
				8	9			7
							1	
8	2	1			3		6	9
						2		5

	6				8	4	3	5
		5			9	1	2	7
	4					9	6	8
	2		9	7		5		
5					4	2		
			1					4
			6			3		1
		9						6
				3	5			2

				5			2	
		2	6	4				
			8		1			
3		8		7		6	9	2
			9			8	1	4
4				1		3	7	5
	8					4		
5		3			2	9		1
				6				7

	I		H				B	
		B	D	E	A	H		
						G		
C	H	D	F			B		E
A	F	G				D	H	
B	E						F	
I	A					F		G
				G		C		
					C	I	E	

H						G	C	
			C					A
		E	D			I		F
			A	D	B	F	E	H
			I			C		
B								I
		F	G		H	E	A	B
	G							
E	H		F	A		D		

						H		
	I		H				A	
	F		I		G		C	
	A	B			H			
	G	F		I			B	
I			A	D		F		
				C	I	G	H	A
		H		E		I	D	F
						C	E	B

E					B	H	A	G
F						I	D	E
G			H	E	D	B	F	C
I		F		A				
	E			I	C			
			B			F		
C		H			F	D		A
					I		G	H

		C			I	F	E		
H	F	I	B	E	C	A		G	
		B			D	C			
	C	E	H	D	I		G		
				A					
	G				B				
		G	F					H	
D		A							
B					A		C		

I		C	F	A			D	
G				I				
			E	C			I	
		G						B
C		F	I	D				E
		E		F				
B	D	A		H	E			I
				G	I			
				B			A	

E	H				B			
B	C	A		F	H		E	G
I	D	F	G		E	C		
A		H			C			D
D	B							E
					G		A	I
		D						C
G		I	F			B		

G						B	A	
			H			I	C	
	E	B		G		H		
		F	C	B	G	D	I	A
				F	A	E	B	H
			E	H			G	
		E						
	B						H	
A			I			F		

								A
A		D		E				G
G		H				I		
H		I	B			A	C	D
D				A		E		I
E	C	A			H	G	B	F
		G	C		B			
I			D					
				I			A	

H			D			E	G	B
		D	A			H	F	C
E					G	A	D	I
			E			D		G
G			H					F
		B	I					H
				D				
	F	I		C				
			B	E		I		A

		E					F	C
C	G	B	I	D		H	E	A
		I				D	B	G
		D		F	A	C		
					B	A	G	E
				H			I	D
G			F					
D	I	F		C				
				G			D	

E	G	I						
						C		
C			F					A
F	E		H	C	D		A	
A	I		G	B	E	F	H	
		B			I			
D				I				G
		C		D	G	E		
G								

G	C						B		
B	E	I							
A									G
H	B		D					E	F
F	D	C							
E	I			F			A		
	G			C		I	E	H	
	A	H	E						C
	F				B				D

		I					F	
	C		A		F	D	H	
							I	G
				B		A		
D	B	G	F	A	C	I	E	
	H	E	G				F	B
		A		I			H	C
	D	C		F	G		A	

D		H		A			G	B
	E	A	H					
	I		B					
H				E				
			G					
						D	F	
G		B	C				E	
A	H	I	E	F	D		C	G
E			I				A	H

	F	I			A			H
	D							
B		C		G		D	F	
			A	D		E		G
							I	D
	E	F				B	A	C
				C			E	
	G				I			B
C		A		F		H	G	I

		A		E		B	G	F
			I		F	E	A	H
						D	I	C
G		D			E			
	E		G	I		H		
E	F	I				A	D	B
C		G			I		H	
	H							

the maze

a maze is a path or collection of paths,
typically from an entrance to a goal. ...
the pathways and walls in a maze are typically fixed,
but puzzles in which the walls and paths can change during
the game are also categorised as mazes or tour puzzles.

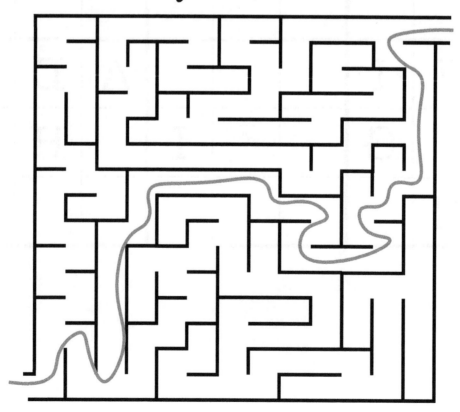

the math square

a math square is a set of equations that have been laid out in rows and columns so that the numbers in each equation intersect. between each row and column are the operations (addition, subtraction, multiplication and division) which define the equations in the columns and rows.

3	×	4	=	12
+		×		
2	−	1	=	1
=		=		
5		4		

3	×	4	=	
+		×		
2	−	1	=	
=		=		

3	×	4	=	
−		−		
2	+	1	=	
=		=		

3	÷	1	=	
−		−		
2	+	4	=	
=		=		

4	÷	2	=	
+		−		
3	−	1	=	
=		=		

4	÷	2	=	
÷	■	+	■	
1	+	3	=	
=	■	=	■	

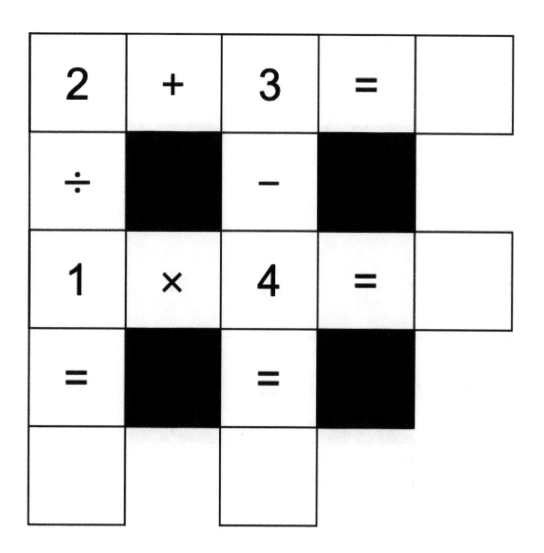

4	÷	2	=	
÷		+		
1	+	3	=	
=		=		

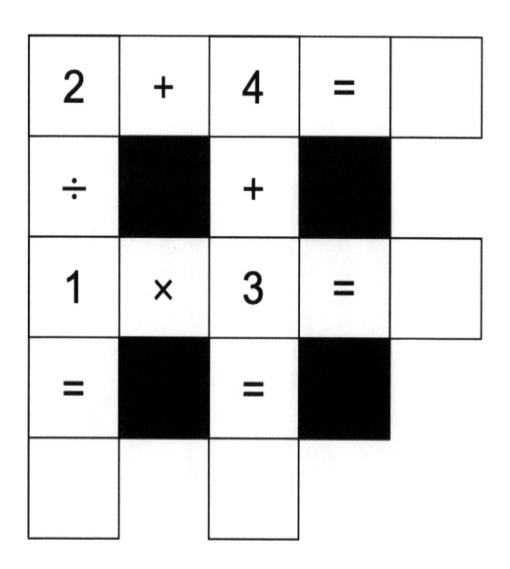

1	−	4	=	
×	■	−	■	
2	×	3	=	
=	■	=	■	

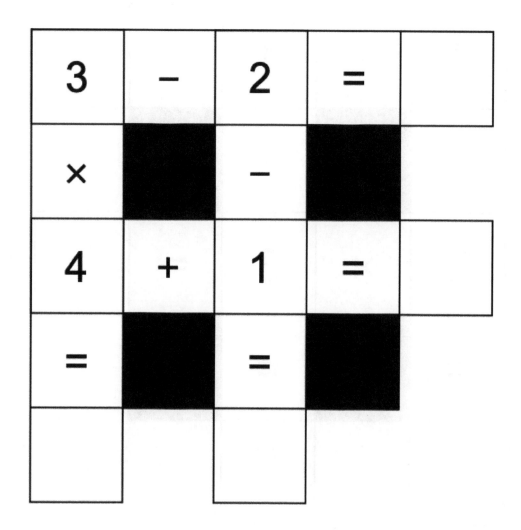

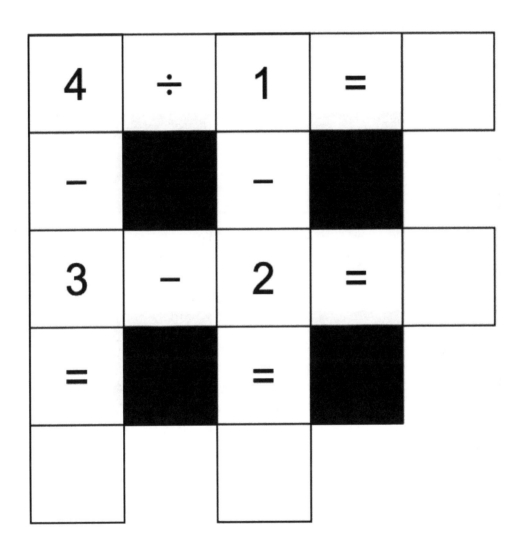

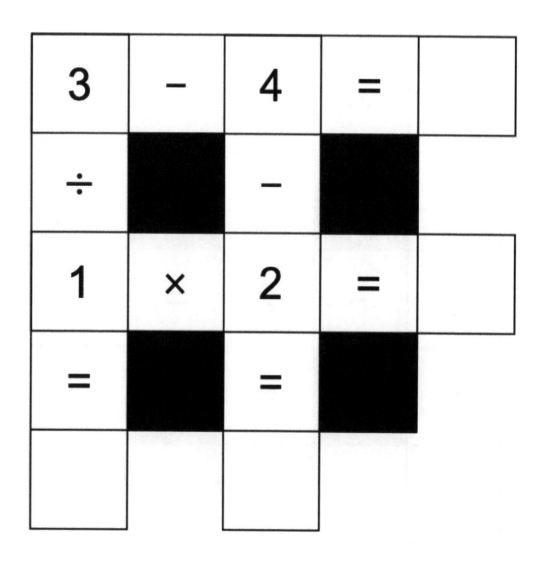

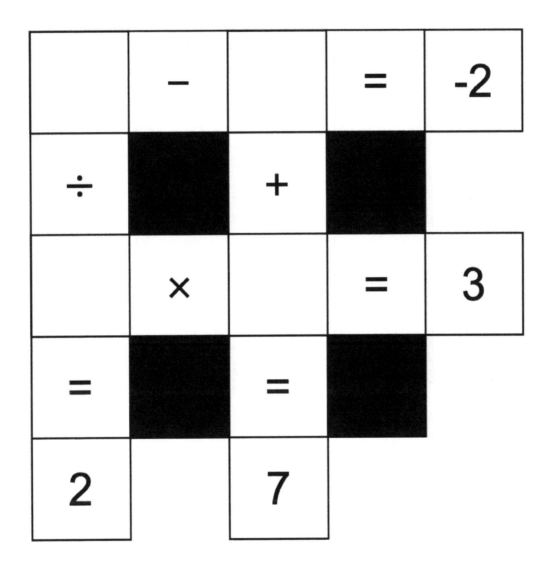

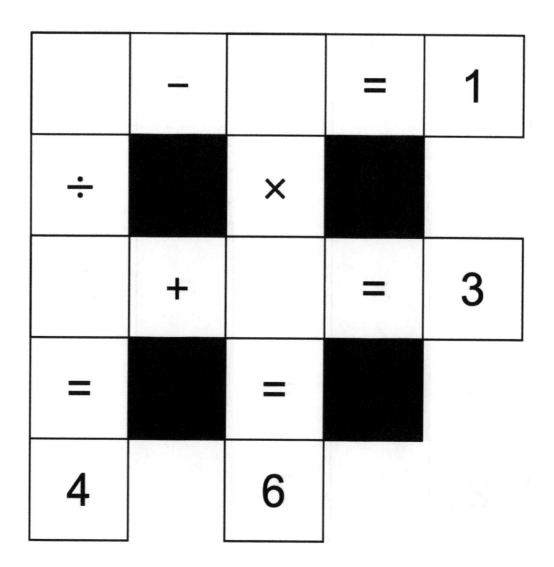

	÷		=	2
÷	■	−	■	
	+		=	4
=	■	=	■	
4		-1		

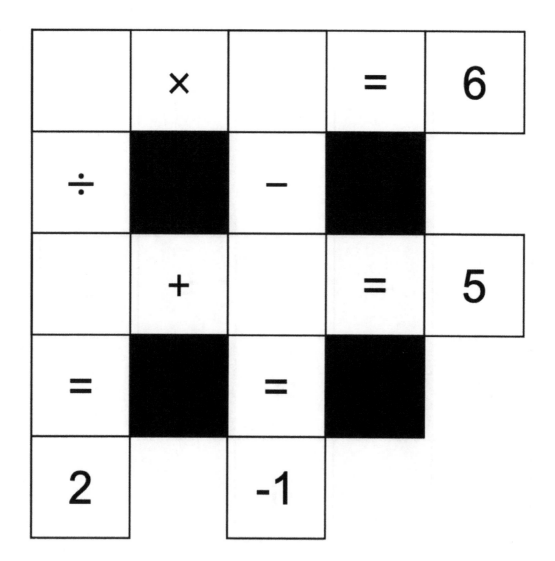

7	−	9	×	4	=	
+		÷		÷		
8	÷	1	×	2	=	
×		×		×		
3	×	6	×	5	=	
=		=		=		

7	−	2	×	8	=	
−		÷		×		
6	÷	1	×	3	=	
−		−		+		
4	+	9	−	5	=	
=		=		=		

5	×	3	−	2	=	
+		−		+		
9	×	6	×	7	=	
−		÷		+		
4	÷	1	×	8	=	
=		=		=		

4	×	7	×	2	=	
+		−		÷		
9	+	8	÷	1	=	
−		−		×		
5	+	6	÷	3	=	
=		=		=		

5	−	9	×	8	=	
÷		÷		÷		
1	−	3	×	2	=	
−		×		×		
4	+	6	+	7	=	
=		=		=		

3	÷	1	+	9	=	
−		−		+		
8	−	6	×	4	=	
−		×		÷		
7	−	5	−	2	=	
=		=		=		

6	+	9	+	8	=	
÷		+		÷		
3	+	7	−	4	=	
+		×		+		
1	×	2	−	5	=	
=		=		=		

1	×	6	+	5	=	
+		+		×		
3	−	8	−	7	=	
×		÷		×		
4	÷	2	−	9	=	
=		=		=		

4	+	5	×	8	=	
÷		×		÷		
2	−	7	÷	1	=	
×		−		+		
9	×	3	×	6	=	
=		=		=		

9	−	8	−	5	=	
÷		+		×		
1	+	3	−	4	=	
−		−		×		
2	−	6	+	7	=	
=		=		=		

7	÷	1	×	5	=	
×		+		−		
4	−	9	−	2	=	
−		×		+		
6	−	3	+	8	=	
=		=		=		

7	−	2	+	8	=	
÷		−		×		
1	−	5	×	6	=	
×		×		−		
3	−	9	−	4	=	
=		=		=		

4	−	7	÷	1	=	
−		+		+		
3	+	5	×	8	=	
−		+		−		
2	×	6	+	9	=	
=		=		=		

8	−	3	+	6	=
+		−		+	
7	−	9	×	5	=
×		×		÷	
2	×	4	÷	1	=
=		=		=	

4	−	7	−	8	=	
+		+		+		
9	×	2	×	5	=	
÷		−		÷		
3	+	6	÷	1	=	
=		=		=		

6	−	7	÷	1	=	
÷		+		+		
3	+	8	÷	4	=	
+		−		−		
2	−	5	−	9	=	
=		=		=		

8	×	5	÷	1	=	
−		×		+		
9	÷	3	×	7	=	
+		+		−		
6	+	4	÷	2	=	
=		=		=		

5	−	2	×	3	=	
−		÷		+		
8	÷	1	+	9	=	
÷		−		+		
4	+	6	+	7	=	
=		=		=		

8	×	6	÷	2	=	
÷		×		+		
1	×	9	+	4	=	
×		+		×		
3	+	7	−	5	=	
=		=		=		

2	+	5	−	3	=	
×		+		×		
7	−	9	−	8	=	
÷		×		÷		
1	×	6	−	4	=	
=		=		=		

	÷		×		=	20
×		−		−		
	+		−		=	5
÷		×		÷		
	×		×		=	42
=		=		=		
12		−55		2		

	−		+		=	11
×		÷		−		
	÷		+		=	11
÷		−		×		
	×		+		=	22
=		=		=		
10		-5		-33		

	×		+		=	39
+		×		÷		
	÷		+		=	4
×		×		+		
	×		×		=	96
=		=		=		
59		42		12		

	+		×		=	21
×		−		−		
	−		+		=	8
−		+		÷		
	−		−		=	1
=		=		=		
1		-1		1		

	−		×		=	-29
−		−		−		
	×		×		=	240
+		+		÷		
	+		×		=	5
=		=		=		
5		4		0		

	+		+		=	21
+		÷		×		
	−		−		=	−8
+		+		×		
	÷		×		=	20
=		=		=		
14		4		360		

11	−	30	÷	2	=	−4
−		×		+		
7	×	2	+	20	=	34
+		−		+		
0	+	14	÷	2	=	7
=		=		=		
4		46		12		

	÷		+		=	8
−		×		+		
	×		−		=	38
+		+		÷		
	+		÷		=	11
=		=		=		
7		21		13		

4	+	5	−	8	+	7	=
×		÷		×		+	
14	÷	1	−	11	×	10	=
−		+		×		+	
15	+	6	÷	3	−	9	=
×		+		+		+	
2	−	16	−	12	+	13	=
=		=		=		=	

3	−	14	+	11	+	15	=	
−		÷		+		×		
2	÷	1	+	10	+	6	=	
+		×		×		×		
4	−	12	+	8	+	7	=	
−		+		+		−		
5	+	13	+	9	−	16	=	
=		=		=		=		

8	+	9	−	4	−	12	=	
−		×		×		÷		
5	+	7	+	14	÷	2	=	
×		×		−		−		
6	÷	3	−	11	−	15	=	
+		×		+		+		
16	−	1	+	10	×	13	=	
=		=		=		=		

3	×	4	−	12	+	10	=	
+		÷		+		×		
15	+	2	−	8	−	11	=	
÷		×		×		÷		
5	×	9	×	16	÷	1	=	
×		+		−		−		
7	−	6	−	13	×	14	=	
=		=		=		=		

15	+	2	−	6	+	4	=	
+		−		×		+		
12	−	7	×	16	+	5	=	
×		+		+		−		
11	−	14	−	9	÷	3	=	
+		−		÷		×		
8	+	13	÷	1	×	10	=	
=		=		=		=		

1	−	2	×	4	×	11	=	
+		+		×		−		
7	×	6	−	13	+	12	=	
×		×		−		+		
15	×	9	+	10	+	14	=	
+		×		−		+		
8	×	5	×	3	+	16	=	
=		=		=		=		

7	×	5	+	15	÷	3	=	
×		+		−		+		
6	−	9	+	14	×	11	=	
+		−		+		+		
4	×	16	+	13	−	10	=	
+		+		÷		÷		
12	×	8	÷	1	+	2	=	
=		=		=		=		

2	×	4	+	12	÷	3	=	
−		×		×		+		
5	−	6	×	7	+	11	=	
+		×		×		−		
8	−	14	+	9	×	10	=	
÷		−		+		−		
1	×	15	−	13	×	16	=	
=		=		=		=		

12	+	16	÷	8	−	7	=	
÷	■	÷	■	÷	■	+	■	
3	×	2	÷	1	×	13	=	
−	■	+	■	−	■	+	■	
5	×	4	+	10	×	9	=	
+	■	−	■	−	■	+	■	
6	×	14	−	11	+	15	=	
=	■	=	■	=	■	=	■	

10	×	13	×	3	−	4	=	
×		÷		×		−		
7	÷	1	−	5	×	15	=	
−		+		−		+		
9	×	2	−	14	−	16	=	
×		−		−		−		
8	×	11	−	12	÷	6	=	
=		=		=		=		

13	÷	1	+	15	+	2	=	
+		×		÷		×		
12	×	9	+	5	×	4	=	
−		+		+		×		
10	+	8	+	6	−	7	=	
−		+		+		−		
3	+	14	−	16	+	11	=	
=		=		=		=		

5	+	6	×	13	×	2	=	
−		−		÷		×		
4	×	14	÷	1	+	15	=	
+		+		−		−		
7	×	9	×	12	+	8	=	
−		÷		×		−		
11	×	3	−	10	×	16	=	
=		=		=		=		

3	×	10	−	8	÷	2	=	
×		−		×		−		
9	×	7	×	16	−	11	=	
−		−		÷		×		
4	×	6	÷	1	×	14	=	
−		−		+		−		
12	+	15	−	13	×	5	=	
=		=		=		=		

2	×	15	−	7	×	9	=	
×		×		+		÷		
6	+	13	×	12	÷	1	=	
−		−		+		−		
4	+	8	−	5	×	3	=	
×		−		−		+		
10	−	16	−	14	+	11	=	
=		=		=		=		

8	+	16	−	9	+	2	=	
÷		−		+		−		
1	−	12	−	7	−	4	=	
+		×		−		×		
6	−	11	×	14	−	10	=	
×		+		+		−		
5	×	15	÷	3	×	13	=	
=		=		=		=		

14	×	9	−	12	−	5	=	
÷		×		×		×		
2	−	4	−	15	−	7	=	
−		+		+		+		
3	+	10	×	8	−	6	=	
×		÷		+		×		
13	÷	1	−	16	+	11	=	
=		=		=		=		

3	+	12	+	11	−	10	=	
−		−		+		+		
9	−	13	×	7	+	16	=	
−		÷		−		+		
2	÷	1	−	4	−	6	=	
−		+		−		×		
8	+	5	×	15	+	14	=	
=		=		=		=		

2	−	16	÷	1	+	3	=	
×		×		×		+		
14	+	10	×	15	+	8	=	
−		÷		×		×		
6	×	5	+	7	−	9	=	
+		+		−		−		
13	×	11	−	4	×	12	=	
=		=		=		=		

12	−	9	−	18	÷	3	+	23	=	
÷		×		−		+		×		
6	+	4	+	22	+	24	−	25	=	
+		−		−		+		+		
5	−	20	+	13	×	16	−	11	=	
−		×		×		+		−		
15	+	8	−	21	+	19	+	14	=	
×		−		÷		×		÷		
2	−	17	−	7	+	10	÷	1	=	
=		=		=		=		=		

14	+	20	×	15	−	22	−	21	=	
+		+		−		×		÷		
8	−	11	×	25	+	6	+	7	=	
+		×		×		+		−		
18	+	5	×	24	−	16	÷	1	=	
×		×		+		×		−		
4	×	17	×	9	−	10	+	19	=	
+		+		−		+		−		
3	−	2	−	12	−	13	+	23	=	
=		=		=		=		=		

9	×	25	+	19	−	21	+	13	=	
×		+		×		+		+		
10	−	4	−	15	×	11	+	20	=	
−		×		×		+		×		
14	×	3	×	2	+	17	−	8	=	
×		−		+		÷		−		
18	÷	6	×	22	×	1	+	16	=	
+		−		+		×		−		
23	×	24	+	5	+	7	×	12	=	
=		=		=		=		=		

7	+	5	−	17	+	20	−	11	=	4
+		+		×		÷		+		
4	×	16	−	14	÷	1	×	6	=	300
×		×		+		+		−		
9	−	22	×	13	+	23	+	25	=	−121
+		+		−		−		−		
10	×	15	+	2	−	3	×	18	=	2682
+		×		+		−		×		
12	−	21	+	19	−	24	÷	8	=	−1.75
=		=		=		=		=		
121		456		268		16		−1152		

CPSIA information can be obtained
at www.ICGtesting.com
Printed in the USA
LVHW050236200223
739917LV00012B/557

9 798713 076467